풍 경 風磬

한 국 대 표 명
시 선
1 0 0

김 제 현

풍 경 風磬

시인생각

■ 시인의 말

한 줌 흙 텃밭에
꽃씨를 묻어 놓고

아침마다 들여다보고
물을 주는 것은

내 생生)에 대한 기도요
애정이요 삶의 의지다.

— 〈시작노트〉 중에서

50년이 넘도록 시조를 써오고 있다. 그러나 아직도 말을
다루는 솜씨가 무디고 거침을 볼 때, 아무래도 천부적인 시
인은 아닌 성싶다. 그럼에도 지금껏 시를 써온 것은 무엇 때
문이었을까? 그저 신기할 따름이다.

『도라지꽃』에서 『산사행山寺行』까지 삶의 의미를 찾아 실로 먼 길을 비척거리며 걸어왔다. 삶의 의미를 찾았는지 못 찾았는지는 알 수 없지만 이제 하나 둘… 의문을 내려놓고 주위를 둘러본다. 물음이 대답이었고 대답이 물음이었던 존재들, 모두가 고맙고 소중하고 아름답다. 좀 더 열심히 써야겠다.

한 짐 시를 부려놓고 정리할 기회를 마련해 준 어느 고마운 분과 이근배 사백께 감사를 드린다.

2013년 봄

김 제 현

우물 안 개구리

1

산사행山寺行

땅의 길

완성이란 없습니다
거기까지가 전부입니다.

신필의 절묘함도
그저 신묘할 뿐

아무리 아름답다 한들
거긴들 흠이 없겠습니까.

땅의 길 다다른 곳
그곳이 정토인 것을

목숨 건 오체투지五體投地
얼마나 간절합니까.

비록에 최선을 다했다 한들
아쉬움이야 어찌 없겠습니까.

백제의 돌

— 익산 미륵사지에서

이름만 남아있는
나이 많은 미륵석탑

용화산 돌 캐던 사람들
다 어디로 가고

회벽의 부축을 받으며
먼 들을 지키고 서 있다.

죽어서나 만나볼 수 있는 미륵보살님

절반의 몸통일랑
벼락에 내어주고

층층이 연꽃을 피우신다.
백제의 살꽃이 핀다.

산사행山寺行

눈이 내린다. 구봉산 한산사*가 눈에 덮인다.

한빛의 하늘과 땅, 너무 넓어서 너무 멀어서

갈 곳을 잃은 즘생[衆生]들 눈밭에 뒤척인다.

어찌 산공부 떠나야만 보살이 되랴 도사가 되랴.

한세상 살아가는 일 그 또한 만행卍行인 것을

땅속엔 풍뎅이 보살, 하늘엔 솔개 보살.

*) 여수시 구봉산 소재의 절.

15

산, 귀를 닫다

보내지 않아도
갈 사람은 다 가고

기다리지 않아도
올 사람은 오느니

때 없이 서성거리던 일
부질없음을 알겠네.

산은 귀를 닫고
말문 또한 닫은 강가

느끼매 바람소리,
갈대 서걱이는 소리뿐

한종일 마음 한 벌 벗고자
귀를 닫고 서 있네.

몸에게

안다
안다
다리가 저리도록 기다리게 한 일.
지쳐 쓰러진 네게 쓴 알약만 먹인 일 다 안다.
오로지 곧은 뼈 하나로
견디어 왔음을.

미안하다, 어두운 빗길에 한 짐 산을 지우고
쑥국새 울음까지 지운 일 미안하다.
사랑에 빠져 사상에 빠져
무릎을 꿇게 한 일 미안하다.

힘들어하는 네 모습 더는 볼 수가 없구나.
너는 본시 자유自遊의 몸이었나니 어디로든 가거라.
가다가 갈 데가 없거든 하늘로 가거라.
(뒤돌아보지 말고)

조개구이집에서

도무지 의중을 드러내지 않을 것 같던
왕조개가 입을 연다.
입술을 불어댄다.
새침을 떼고 있던 각시조개가
살짝 몸을 뒤튼다.

숯불에 누워 살집의 어둠을 태우는 조개들
이길 수 없는 입질에
속살을 드러낸다.
에엣다, 모르겠다 벗어던지는
저 단단한 정조.

빈 공사장에서

잡석들이 길가에 모여 투덜대고 있습니다.

집이 되고 길이 될 묘안을 찾다가

밤이면 저들끼리 몸을 부비며 온기를 나눕니다.

옷이란 옷 다 벗고 살이란 살 다 벗고

부서질 대로 다 부서진 저 하얀 생각의 조각들

느끼매, 가벼워진 몸을 바람소리 위에 눕힙니다.

노점상

언제나 그 자리에 앉아있는 허리 굽은 할머니.
미나리며 상치, 고추, 씀바귀 값을 외고 있다.
좌판에 놓인 푸셋 것에 연신 물을 뿌리며

지나가는 이마다 눈길을 보내는
소리 없는 저 미소는 애원인가 삶의 표상인가
단속의 눈을 피해 가며 연신 야채 값을 외치고 있다.

수 없이,

꽃을 노래했지만
꽃이 될 수 없었고

사랑을 노래했지만
닿을 수가 없었네.

수없이 세상을 떠돌았지만
한세상 만나지 못했네.

눈으로도 마음으로도
닿을 수 없는 세상

느느니 육두문자
느끼매 졸음뿐이네.

달마의 걸망태에도
졸음 가득 쌓였으리.

달팽이

경운기가 투덜대며
지나가는 길섶

시속 6m의 속력으로
달팽이가 달리고 있다.

천만 년 전에 상륙하여
예까지 온 것이다.

어디로 가는지
가야 하는지 알 수 없는 길을

산달팽이 한 마리
쉬임없이 가고 있다.

조금도 서두름 없이
전속으로 달리고 있다.

가을 전언傳言

단풍이 하도 고와
핸드폰을 엽니다.

버튼을 눌러보지만
아무런 응답이 없습니다.

공연히 무안한 마음에
핸드폰을 닫습니다.

정년기停年期

세상이 나의 부실을
어떻게 알았는지

이마쯤 머물라 한다.
쉬엄쉬엄 가라 한다.

가쁘게 살아온 것이
잘못이었나 보다.

달인達人의 말

어느 달인은
마음을 비웠다 하고

또 어느 달인은
비울 마음조차 없다 하네.

비움도 없음도 다 마음의 일
다독이며 사는 것을.

설교說教

친구 따라 절에 가고
아내 따라 예배당에도 갔다.

욕망이 죄악을 낳으니
욕심을 버리라 한다.

욕심을 버리려는 것
그 또한 욕심인 것을.

독풀[毒草]

나는 독을 지녔다
향 든 가슴을 지녔다.

그러나 한 번도
남을 해친 적이 없다.

상하기 쉬운 목숨 보존키 위해
품고 있는 약일 뿐이다.

수시로 꺾이는 목숨
지키기 위한 궁여지책의

정직한 독기를
미워하지 마라. 건들지 마라.

초원의 비를 기다리는
작은 풀꽃일 뿐이다.

2

우물 안 개구리

개펄 풍경

서천 앞바다 바닷물이 빠져나가고 있다
말뚝망둥이 뛰고 게들도 분주한 개펄
아낙들 뻘배를 밀고 갯벌로 나아간다.

찬바람에 속살이 오른 조개며 바지락들
가슴으로 헤집어 캔 오늘의 무게를 이고
무릎을 세우는 갯길, 찰랑이는 노을빛.

천수만 바람이 무슨 말을 했는지
서걱이는 갈대밭 하얀 길을 따라
엉덩일 있는 대로 흔들며 아낙들이 가고 있다.

농산물시장에서

어둡고 찬 바닥을 녹이며
모닥불이 타고 있다

제 고향 황토를
매달고 온 배추며 무들

경매사 손끝에 따라
이리저리 실려 간다.

손수레 바퀴들이
굴리고 오는 아침

신새벽 여기저기
좌판들이 깔릴 무렵,

경매사 시선이 이쪽으로
오는 것 같다,
두렵다.

우물 안 개구리

암녹색 무당개구리
우물 안에서 산다.

바깥세상 나가봐야
패대기쳐져 죽을 목숨

온전히 보존키 위해
우물 안에서 산다.

짝짓고 알슬기에
깊고 넉넉한 공간

이따금 두레박 소리에
잠을 설치고

별들의 전갈을 기다리며
눈이 붓도록 운다.

가을 일기

혼자 밥 먹고

혼자서 놀다

책을 읽다

깜박 졸다.

새소리에 깨어보니

새들은 간데없고

가을만 깊을 대로 깊었다.

나무들도 아픈가보다.

거짓말

거짓말도 가만히 들어보면
재미가 있다. 사연이 있다.

여자는 거짓말로 참말을 하고
남자는 참말로 거짓말을 한다.

헛말도 헤아려 듣는 나의 귀
난청難聽이 고맙다.

보이지 않아라

보이지 않아라
바라볼수록 보이지 않아라.

하늘과 땅 아득하여
보이지 않아라.

가까이 다가갈수록
사람들 보이지 않아라.

미스 킴 라일락
― 이름을 빼앗긴 꽃들에게

도봉에 살던 가족들
다 어디로 갔는가

창씨개명한 사람들도
모두 돌아와 사는데

이적지 이름을 찾지 못한
백운대 정향나무여.

실바람 타고 흐르는
미스 킴 라일락

찡하니 콧속을 파고드는
정향나무 향기여

섬 버들 노랑붓꽃들도
잔뜩 약이 올라 있다.

강원랜드
— 폐광촌에서

따스한 도시락 온기를 끼고 가던 사람들
뿔뿔이 혹은 홀홀히 도회로 떠나고
석탄차 곁에 벗어 놓은 헌 구두 몇 짝
가을비에 젖고 있다.

불빛불빛 따라 찾아든 산속의 오지
눈부신 객장 안을 초점 없이 도는 눈 눈 눈
앞앞이 보이지 않는 갱도
여기는 삶의 막장.

유실물센터

긴 지하도 계단을 지나
유실물 센터를 찾아갔다.

수북이 쌓인 신발이며
신제품의 핸드폰들

주인을 기다리지만
아무도 오지 않는다.

여기저기 널브러진
사랑이며 징표들

허옇게 먼지를 쓰고
기다리고 있건만

어디서 잃어버렸는지
여기에도 내가 없네.

양수리 소묘

양수리 수초 섬에 고요가 흐른다.
줄대숲 둥지깨로 물뱀 한 마리 휘어가고
부들초 뿌리깨 머물던 논닭이 급히 물 위로 오른다.

귀 열어 놓고, 부르는 어미 새의 다급한 음성에도
들락날락 신명나 논병아리들의 자맥질
고단한 죽지를 저으며 아비 새가 날은다.

대포알 같은 장대비 속에 둥지며 새끼들 다 떠나보낸 뒤
물닭, 논닭, 쇠물닭, 북새, 논병아리, 뿔논병아리
고만고만한 놈들이 고만고만한 물 방석 타고 영토싸움이
한창인데
지금 막 개개비 한 쌍 날아와 둥지를 틀고 있다.

이제 떠날 날도 머지않은 논닭들의 갈대 섬 저편,
샌들을 든 여인이 모래톱을 걷고 있다.
갸름한 물뱀 한 마리
발자국 따라 입질을 한다.

3

풍경風磬

바람

바람은 처음부터
세상에 뜻이 없어

이날토록 빈 하늘만
떠돌아다니지만

눈 속의 매화 한 송이
바람 먹고 벙근다.

매이지 말라 매이지 말라
무시로 깨워주던

포장집 소주 맛 같은
아, 한국의 겨울바람.

조금은 안 됐다는 듯
꽃잎 하나 떨구고 간다.

풍경風磬

뎅그렁 바람 따라
풍경이 웁니다.

그것은, 우리가 들을 수 있는 소리뿐,

아무도 그 마음속 깊은
적막을 알지 못합니다.

만등卍燈이 꺼진 산에
풍경이 웁니다.

비어서 오히려 넘치는 무상의 별빛.

아, 쇠도 혼자서 우는
아픔이 있나 봅니다.

하루살이 꽃

채송화 한나절이
밤이슬에 씻기운다.

풀 한 포기 제대로
자랄 수 없는 박토의,

햇살 속 일만 근심을
사르던 꽃이여.

지상을 벗어나는 너
홀가분함이여.

영원도 한나절도
그 길이는 같은 것

사람들 치수에 따라
다만 서운할 뿐이다.

무제 無題

산은 우뚝하고
골짜기로 물이 흐르는,

절로 난 흐름의 길가.
꽃들은 피어서

바쁘게 몸을 추스르는
이것을 무엇이라 하랴.

시냇물 제 혼자
소리 내어 흐르고

나뭇잎 하나 달빛 싣고
흔들리며 가느니

이것을 무엇이라 하랴
먼 산 뻐꾸기 운다

우일雨日

비가 오고 바람이 분다.
그것은 오늘의 날씨.

신발을 적시며
지나가는 사람 몇……

내일은 개인다지만
그 또한, 지상의 날씨.

때를 묻히면서
세상을 알게 되고

눈이 흐려지면서
밝아오는 이치의

적당히 흐린 눈으로
밖을 보는 우일.

무위無爲

비가 온다
오기로니

바람이 분다
불기로니

세상은 비바람에
젖는 날이 많지만

언젠간 개이리란다
그러나 개이느니

메주

한국의 여인들이
푹푹 속을 썩이고 있다.

못 생겨서 못 생겨서
그런 것은 아니다.

오롯한 그 장맛 하나
우려내고자 함이다.

시렁에 매달리어
바람 쐬는 메주들

트는 살 살 속 깊이
파고드는 푸른 날빛.

얼마를 더 삭이어야
다 떴다 이를 건가.

그물

늙은 어부 혼자 앉아
그물을 깁고 있다.

매양 끌어 올리는 것은
파도소리며 달빛뿐이지만

내일의 투망을 위해
그물코를 깁고 있다.

알 수 없는 수심水深을
자맥질해 온 어부의

젖은 생애가
가을볕에 타고 있다.

자갈밭 널린 그물에
흰 구름이 걸린다.

소재 · 1
— 종이배

그저 먼 나라가
그리운 해변의 아이들은

바다에 길이 있는지
없는지도 모르면서

갯가에 온 물살 따라
종이배를 띄웠다.

햇볕만 잔뜩 싣고 떠난
내 유년의 배 한 척.

지금은 어느 바다에
출렁이고 있을까

그러나 그 키를 부림은
이미 내가 아니어라.

소재 · 6
― 겉장

공책 알갱이는
어느덧 다 찢겨나가고

열심히 띄운 배도 학도
안 보인 지 오래여라.

빳빳턴 성깔만 남아
닳고 삭고 있어라.

산일山日
— 설악산에서

산에 드니 산이 없다.
바람소리 물소리뿐.

산신령도 오수에 든
설악 깊은 한나절

바위틈 나무 한 그루
솔바람을 일으킨다.

풀꽃들 살기에는
너무나 깊은 벼랑

미역 감던 선녀들의
살빛 달빛 어울린,

비선대 차고 흰 물에
오늘의 때를 씻는다.

설악산 방문기
— 무산 대덕의 말을 빌려

무수히 빠져 죽은
장경의 바다를,

잠방잠방 건너가는
설악산 산지기.

게송을 읊으니 시요
시를 읊으니 게송이네.

부처를 버리고
깨달음도 다 버리고

법석을 두루 말아
거니는 저잣거리.

마알간 돌차 맛이, 오늘
얼마나 좋을꼬.

사투리

산에 사는 새는
산 소리로 울고

물에 사는 새는
물 소리로 운다.

전라도 새는 전라도
사투리로 운다.

돌 · 1

나는 불이었다. 그리움이었다.
구름에 싸여 어둠을 떠돌다가
바람을 만나 예까지 와
한 조각 돌이 되었다.

천둥 비바람에 깨지고 부서지면서도
아얏, 소리 한 번 지르지 못하는 것은
아직도 견뎌야 할 목숨이
남아 있음에서라.

사람들이 와 '절망을 말하면 절망'이 되고
'소망을 말하면 또 소망'이 되지만
억 년을 엎드려도 깨칠 수 없는
하늘 소리. 땅의 소리.

4

지는 꽃

도라지꽃

뿔 여린 사슴의 무리
신화神話같이 살아온 산.

서그럭 흔들리는
몸을 다시 가눈 곳에

이 고장 마음 색 띠고
도라지꽃 피는가.

신음과 기도 위로
선지피 뚝뚝 듣던 산.

이대로 이울고 말
입상立像인가 말이 없이

먼 하늘 머리에 이고
도라지꽃 피었다.

지는 꽃

춥고 가난스런
바람 손을 놓고

한 잎 한 잎
어제의
꽃잎이 떨어진다.

진실한 빛깔로 타던
그 하늘은
지금 침묵.

한 모금 물
찾던 눈 감기고
너무나 조용한 지상地上.

무수히 내려 쌓이는
멀어져 간 전설은

고독이 띄우는
아픈
웃음의 음성이었다.

산山 · 국화菊花

일몰日沒의 물살이 든다.
해체解體의 가슴 밑창을

방금도 서로의 상념想念이
곤두지는 벼랑엔,

나 어린 새들 깃을 뽑아
방석을 짠다.

바람 바람 속으로
손 흔들고 멀어지는

네 입술 엷은 웃음은
눈물 크렁한 완수完遂.

가난한 시인은 연신,
딱한 세대의 손을 꼰다.

동행同行

꿈에 선녀를 본 적이 있다.
깨고 나서 잊어버렸다.

설악산 비선대
그윽한 살 냄새 따라

멀리서 온 나무꾼 아이가
무등산을 지고 섰다.

이윽고 잡은 선녀의
옷깃 한 자락.
햇살에 반짝이느니,

'보이는 세상'
'보이지 않는 세상'
왕래하며

영원을 열어가는 한 가슴
오, 사랑의 동행同行.

어제 표

바람만 서물거린다.
밤에 실려 온 간이역구簡易驛口.

숱하게 허송해 버린
통로를 나오는,

진하게 타다 무안한
눈 뜨는 나의 성숙.

드러난 팔꿈치
더불어 온 그리매와

어슬녘 바람 속에
던져버린 어제 표.

한천寒天에 머리칼 날리며
긴 뚝길을 걷는다.

보행 步行

나의 오랜 보행은
허공에 한 발.
지상에 한 발.

생애의 체적體積은
바람에 날리고

무시로 바닥이 닿는 발은
허공에 떠 있다.

뒤뚱발이 기울면
따라 기우는 세상.

맥이 다 풀린 발은
무릎을 꿇는 비굴이 된다.

이윽고
발이 확인한 지상엔
딛고 설 하루가 없다.

오후의 구름

무심코 바라보던
구름 속에서 새가 운다.

보이지 않는 시간 속으로
저녁 해를 띄워 보내고

질펀한 노을 앞에서
뒤척이는 나무여.

천지간天地間에 바라보던
산도 다 저물고

이 강물 떠나지 않는
어둠 속 구름 한 자락—

인생은 가지었지만
살아보지 못했네.

바위 섬

천 년 바람 속 난파難破의 바다를 안고

바위는 목이 마르다.

젖은 날개를 말리던 작은 새 한 마리

먼바다 깊이를 휘저어 가고……

바위는

옆구리 터진 살에 석란石蘭을 기른다.

해질녘

산山 속에서 어둠이 내려와
꽃밭의 빛깔을 서서히 거두고 있다.
(아, 묵묵한 반환)

어느새 꽃들은 저 거뭇한 하늘
깊이를 휘저어 가고,

아내는 뜰에 찬바람을 한 아름 안고
긴 명목瞑目에 잠긴다.

어머님의 눈물

어머님이 우신다.
외로워서 우신다.

내놓고 말 못한 한을
소리 내어 우신다.

이제는 사랑할 시간이
없어서 우신다.

산번지山番地

질펀한 노을 앞에
허무히 주저앉아

흉흉한 일상의
등피燈皮를 닦는 산번지.

산 넘어온 시간 속에서
마른 바람이 인다.

바위산 기슭에 올라
아무리 외쳐보아도

메아리도 지지 않는
삭막한 산번지.

어느덧 산도 다 저물고
바람소리만 가득하다.

김 제 현

1939년 전남 장흥군 대덕면 회진리 228번지(현 회진읍 연동)에서 부父 계인桂仁, 모母 권씨權氏 학임學壬의 3남 3녀 중 장남으로 태어남. 본관은 김해金海.

1944년 여수시로 이사하여 성장기를 이곳에서 보냄.

1952년 여수서초등학교 졸업. 5학년 때부터 축구 선수로 발탁되었으며 특별상(6년간 학업 성적이 3등 이내)을 받음으로써 입학금 면제 혜택을 받아 여수서중학교 입학 및 졸업.

1958년 여수고등학교 졸업. 졸업을 앞둔 1957년 10월 전국학생미술전람회에서 서예부 특상 수상. 진학을 포기하고 친구 집에 기식하며 보통고시 준비.

1959년 홍익대학 신문학과 입학. 신문학新聞學이 초창기라는 점과 기자가 되고 싶던 점 등으로 장학생 선발 시험에 합격하여 진학할 수 있었으며 국문학과 「시론 강좌」 도강으로 박목월 선생님을 뵙게 되어 사사하게 됨.

1960년 조선일보 신춘문예 시조 부문 「고지高地」 입선. 군입대로 휴학.

1961년 《시조문학》 지 천료.

1963년 경기(초급)대학 국문과 졸업. 중등학교 국어과 준교사 자격증 취득. 경희대학교 국어국문학과 편입. 《현대문학》 추천 완료(61~63)

1965년 경희대학교 졸업. 조병화 교수님 배려로 문화장학
생으로 선발되어 졸업할 수 있었으며, 서정범 교수
님의 주선으로 광운전자공업고등학교 교사로 부임.

1965년 한양대학교 대학원 국어국문학과 입학. 박목월 교
수님의 시 창작 및 시학 지도를 받음.

1966년 첫 시조집 『동토凍土』 발간.

1967년 한양대학교 대학원 졸업(문학석사). 결혼.

1968년 서울 삼양동에서 장남 상범尙範 태어남. 광운전자학교
조교수로 전보되었으나 1970년 폐교로 실직 생활.

1970년 2남 상택尙澤 태어남.

1972년 3남 상균尙均 태어남. 서울 용문고등학교 교사로 부임.

1973년 광운전자공과대학 강사(83년까지). 한국문인협회 이
사 역임.

1975년 한양대학교 강사(81년까지).

1979년 장안대학 조교수 부임. 시조집 『산번지山番地』 출간.

1981년 정운시조문학상 수상.

1985년 한국시조학회(겨레시 운동본부) 창립 회장.

1986년 가람시조문학상 수상. 한국문인협회 시조분과 회장
피선. 한국펜클럽 이사 역임. 『사설시조전집』 출간.

1987년 경희대학교 대학원 국어국문학과 입학. 서울여자대
학교 출강.

1988년 『시조·가사론』 출간.

1990년 경기대학교 부교수 부임. 경희대학교 대학원 수료
(문학박사). 『무상의 별빛』 출간. 중앙일보시조대
상 수상.

1992년 『시조시학』 창간, 발행인. 『이병기』 『시조문학론』
출간.

1996년 장남 상범 결혼. 자부子婦 김지연金知姸 맞음. 한국시
조시인협회 회장 피선.

1997년 『현대시조평설』 『사설시조사전』 『사설시조문학론』
(문화관광부 우수학술도서로 선정) 출간. 조연현문
학상(평론)·월하시조문학상(학술) 수상.

1998년 손주 형준亨俊 태어남. 『현대시조작법』 출간.

2001년 3남 상균 결혼. 셋째 자부子婦 조현순趙賢順 맞음.

2002년 둘째 손자 두호杜澔 태어남. 고향 천관산 문학 공원에
시비 「돌」 건립.

2004년 경기대학교 국문과 교수 겸 교육대학원장. 정년퇴임.

2008년 한국시조대상 수상.

2009년 셋째 손자 서준序峻 태어남.

2010년 고산문학대상 수상.

2012년 가람기념사업회장(현재).
≪시조시학≫ 발행인.

〖한국대표명시선100〗을 펴내며

한국 현대시 100년의 금자탑은 장엄하다. 오랜 역사와 더불어 꽃피워온 얼·말·글의 새벽을 열었고 외세의 침략으로 역경과 수난 속에서도 모국어의 활화산은 더욱 불길을 뿜어 세계문학 속에 한국시의 참모습을 드러내게 되었다.

이 나라는 글의 나라였고 이 겨레는 시의 겨레였다. 글로 사직을 지키고 시로 살림하며 노래로 산과 물을 감싸왔다. 오늘 높아져 가는 겨레의 위상과 자존의 바탕에도 모국어의 위대한 용암이 들끓고 있음이다.

이제 우리는 이 땅의 시인들이 척박한 시대를 피땀으로 경작해온 풍성한 시의 수확을 먼 미래의 자손들에게까지 누리고 살 양식으로 공급하는 곳간을 여는 일에 나서야 할 때임을 깨닫고 서두르는 것이다.

일찍이 만해는 「님의 침묵」으로 빼앗긴 나라를 되찾고 잃어가는 민족정신을 일으켜 세우는 밑거름으로 삼았으며 그 기룸의 뜻은 높은 뫼로 솟아오르고 너른 바다로 뻗어나가고 있다.

만해가 시를 최초로 활자화한 것은 옥중시 「무궁화를 심고자」(《개벽》 27호 1922. 9)였다. 만해사상실천선양회는 그 아흔 돌을 맞아 만해의 시정신을 기리는 일의 하나로 '한국대표명시선100'을 펴내게 된 것이다.

이로써 시인들은 더욱 붓을 가다듬어 후세에 길이 남을 명편들을 낳는 일에 나서게 될 것이고, 이 겨레는 이 크나큰 모국어의 축복을 길이 가슴에 새겨나갈 것이다.

만해사상실천선양회

한국대표명시선100 | 김 제 현

풍 경 風磬

1판1쇄 인쇄 2013년 6월 1일
1판1쇄 발행 2013년 6월 5일

지 은 이 김 제 현
뽑 은 이 만해사상실천선양회
펴 낸 이 이 창 섭
펴 낸 곳 시인생각
등 록 번 호 제2012-000007호(2012.7.6)
주   소 경기도 양평군 옥천면 고읍로 164
          ㉾476-832
전   화 (031)955-4961
팩   스 (031)955-4960
홈 페 이 지 http://www.dhmunhak.com
이 메 일 lkb4000@hanmail.net

값 6,000원

ISBN 978-89-98047-42-9 03810

※ 이 책은 만해사상실천선양회의 지원으로 간행되었습니다.